Colección **libros para soñar®**

© del texto: Carmen Gil Martínez, 2002
© de las ilustraciones: Sarah Webster, 2002
© de esta edición: Kalandraka Editora, 2017
Rúa de Pastor Díaz n.º1, 4.º B - 36001·Pontevedra
Telf.: 986 860 276
editora@kalandraka.com
www.kalandraka.com

Impreso en Imprenta Mundo, Cambre
Primera edición: abril, 2003
Sexta edición: diciembre, 2017
ISBN: 978-84-8464-186-5
DL: PO 119-2003

FSC
www.fsc.org
MIXTO
Papel procedente de
fuentes responsables
FSC® C125125

Un fantasma con asma

Carmen Gil

Sarah Webster

kalandraka

Godofredo, el matasanos,
se ha levantado temprano;
va a visitar a un paciente
más raro de lo corriente.

Es un fantasma con asma,
que ya ni asusta ni pasma;
tose mucho, aúlla poco
y estornuda como un loco.

Vive de noche y de día
en una mansión muy fría,
muy cerquita de la luna
y más solo que la una.

Con bufanda, gorro y guantes
vaga el espíritu errante
por lugar tan poco cálido,
y está pálido y escuálido.

Godofredo, en Nochebuena,
va a curar al alma en pena
y examina con sus lentes
pacientemente al paciente.

Con atención exclusiva,
lo mira de abajo arriba.
Con empeño y con trabajo,
lo mira de arriba abajo.

Después de una hora y media,
consulta su enciclopedia
y, contra todo pronóstico,
da el médico su diagnóstico:

Este fantasmal fantasma
no tiene ni gripe ni asma;
de lo que sufre en verdad
es de una gran soledad.

Esa constante friolera
es de dentro y no de fuera;
que a un corazón sin amor
se le va todo el calor.

Dosis enormes de afecto
para mejorar su aspecto.
Besos, caricias, cosquillas...
Ni jarabes ni pastillas.
Cucamonas y achuchones.
Ni pomadas ni inyecciones.

Y le da el curalotodo,
pensando un poquito en todo,
las señas de unos fantasmas
que van a curarle el asma:

Viven en una atalaya,
muy cerquita de la playa,
junto a un enorme membrillo,
en un castillo amarillo.

Sale el fantasma de viaje
con muy poquito equipaje:
con la maleta vacía,
pero lleno de alegría.

Vaga y vaga el vagabundo,
recorriendo medio mundo
y da en un lugar ventoso
con el castillo dichoso.

Un fantasma hospitalario,
un poquillo estrafalario,
le ofrece albergue y cobijo,
y lo trata como a un hijo.

Tres fantasmitas llorones
le dan cientos de achuchones
y una fantasma con moña,
cariños y carantoñas.

Con tanta zalamería, ya el fantasma no se enfría:
está fuerte como un roble, y canta y se ríe el doble.
Aquí se acaba este cuento, sin cataplasmas ni ungüentos.

Y es que el cariño a raudales
alivia todos los males.